学校

―十五歳の決意―

山口和士　詩集

悠光堂

自序

季節の巡る速度は本当に早いものだ。思えば、教師と呼ばれて三九年が過ぎた。既に群馬県の公立高等学校を退官してから一年半余。最後の校長職にあった高等学校で、早朝校門に立ち「おはよう」と顔を見て、声を掛け、卒業学年の生徒全員と面談し、未来を語り合い、悩みと向き合った日々は、宝物のような時間だった。今は大学の教員となったが、大学生と向き合っても、私は少しも変わってはいない。原点は同じだからだ。考えてみれば、二三歳で教師になってから、多くのことを生徒達から教わった。だから、せめて自分だけは生涯関わった教え子達を一人も捨てず、支え、生きていこうと心に誓い、ここまでやって来られたのだと今は思っている。「人はひとによってしか変われない」。自分の生きてきた拙い経験でも、今迷い苦しんでいる生徒達を、励ますことはできる。そう思い定めて愚直に、日々の教え子達の姿を詩にして、彼らを鼓舞してきた。そして彼らは見事に様々な困難を克服し、成長し、多くの不可能を可能にしてきた。彼らを信じ続けて本当に良かったと思っている。

この詩集『学校』は、既に一〇年も前から構想してきたが、ようやく実現の運びとなった。最後の高等学校での三年間で書きためた三百余篇等を、一三三篇に絞って一冊に編むこととした。我が教え子達の姿と未来に挑戦していった勇気、そして教師としての我が思いを、ささやかでも伝えられれば幸いである。

目次

自序……2

第一章　教え子たちへ　◇心の扉を開く◇

おはよう　生徒たちの朝に……8
ハナミズキの下で　一学期期末試験　校舎校庭巡回の中で……12
賢治からの便り　崇高なる選択……23
水無月の雨　時を深める六月……28
背中　高原にて……35
青い海と暗い壕と　特別攻撃隊と沖縄守備隊……41
卒業写真　校舎を背景に……47
猫日記　校長を恐れぬ不思議な猫のために……53

ＴＲＡＩＮ　ＴＲＡＩＮ　五期生　一年八組のために……61
さくら　感謝の花……73

第二章　部活動　◇挑戦と声援◇

歓声　生徒達の背中に……80
舞　―時を創る者―　新体操部　勝利の歌……85
逆転　女子バスケットボール部に捧げる……91
たった一人の挑戦　高校総体　体操競技　個人跳馬優勝の君へ……103
最後の一戦　群馬県インターハイ予選ソフトボール決勝進出の君等に……109
七夕の勝利　野球部夏の大会二回戦……121
創造への挑戦　―終了一秒前に完成―　漫画研究部新チームでの挑戦……133
奏でる心　吹奏楽部金賞受賞に寄せて……141
舞台の神様　演劇部高校演劇コンクール予選を見て……147

言霊の在処　―高校生文学賞受賞の君に―　文芸部の諸君へ……154
秋のコート　ハンドボール部の諸君に……161

第三章　式典と行事　◇思いと感謝◇

決意　入学の時……168
十五歳の決意　―第二回学校説明会―　たった一人で参加した君へ……189
秋の昴　スタートライン……197
かるた開戦　第三〇回百人一首大会に寄せて……206
呼名　―卒業の時―　第二八期生とともに……214
青龍覚醒の時　全国選抜大会・関東公立高等学校大会出場生徒に贈る……236

第四章　内なる叫び　◇生の意味と日常◇

ウエディング　ロード　娘の結婚……242

大胡の月　上泉伊勢守信綱を想う……253
一二月のリング　人間を救うのは人間だ……260
大船渡の光　岩手県立高田高等学校訪問……265
海の声　光の中に聞こえる小さな声のために……275
星空の下で　定時制生徒のために……281

跋文……285

第一章

教え子たちへ

◇心の扉を開く◇

おはよう

生徒達の朝に

「おはよう」
何気ない　その言葉に
どれほどの思いが　込められているか

「おはよう」
何千回　何万回　耳にしても
温かい　その響きは　まぶしく
水のように　心を潤《うるお》す

毎朝　胸の奥に流れる　君だけの　小さな秘密の川に

その一滴は「生」の息吹《いぶき》を　生きていることの意味を
幼子のように　柔らかく　伝えるのだ

齢《よわい》九〇の　老人も
一歳の　幼児も
「おはよう」
その響きに　どれほどの「朝」の光を
感じていることか

「人」は「ひと」によって　輝き
「言葉」によって　目覚める
「おはよう」

どんなに辛い昨日があろうと
その言葉を誰かにささやくと
人を信じる勇気と　自分を信じる勇気が
風のように交差し
野に咲く花の　すがすがしさを
青空にきらめく「時」の　優しさを
季節の歌声とともに　感じることができる

私は　校門に立ち
どんな日も　笑顔で　君たちを　迎える
「おはよう」
うつむいた君にも　厳しい瞳の君にも
「おはよう」

微笑んでみないか
そして　声に出してみないか
「おはよう」
その言葉だけで　一日は　海のように
深く　青く　君を育んでくれるはずだ
私はこころから　思いを告げるだけだ
君の　大切な　一日に
「おはよう」

二〇一三年　四月二三日　校門にて

ハナミズキの下で

一学期期末試験　校舎校庭巡回の中で

桜の花が　散り始め
幾ばくかの　寂寥感《せきりょうかん》が
心の扉《とびら》を　叩《たた》くころ

静かに　季節の顔を
動かすのは　一陣の風だ

新入生は　制服に慣れはじめ
在校生は　上級生の
顔になる

桜に替わる　風のバトンを
真っ先に受けるのは
薄いピンクや　シロの　貴婦人
ハナミズキだ

四月下旬から　五月中旬
不安な　生徒達の　新学期を
日々　咲きながら　見つめる
時の使者の　お陰で

生徒達の　頬も
ミズキ色に　輝き

自信ある　高校生となる

期末試験中の　沈黙の教室
緊迫と　思考の　ペンの音
その　張り詰めた　空間の乾きに
疲れたら
そっと　思い出すがいい

過ぎ去った　春の　思い
ハナミズキの　ピンクや　シロ
色彩に　溢《あふ》れる
掌《てのひら》の半分ほどの
花びらの

確かな「存在感」を

六月　雨期が来て
花々は　全て　風の言葉に
別れを告げたが

窓から見える　ハナミズキ
緑葉《みどりば》は　ますます　深く
緑を強め
太陽の陽射しを
緑光の中に　同化させる

年若き　君たちよ

試験に疲れたら　高い空を見
窓外の　ミズキを　そっと垣間見《かいまみ》ればよい

「時」が蓄えた　見えない　「美」
透明な　華が
澄んだ瞳で
君を　見つめているはずだ

人は　花々が　散った後にも
陽光の中　緑葉に　「失われた華」を　思い
胸の奥に　見えない「華」を
想像できるのだ

ハナミズキ
実は　ピンクやシロの　貴婦人が
「花」では　ないことを
一体誰が　知っているだろうか

花に見えるのは　総苞《そうほう》で
中心の塊　花序こそが
本当は　花なのだ

真実は　意外な　ところに
眠っている

わからないと　嘆くより

もういいと　ペンを置くより
問題文の　行間に隠れた
多くの　ヒントを
最後まで　探すことが
君の　頭脳を鍛え　人間を磨く

君の答案が　豊かな緑の
夏の　ハナミズキのように
深い思考に　満ち
素敵な　言葉を紡《つむ》ぐことを
私は　祈っている

いつも　この木々の道を歩み

ハナミズキの下で
静かに　天を仰ぐと
雨雲は　風の中に　流れ去り
抜けるような　空の「青さ」が
季節を　高く
動かしているのを　感じる

一九一二年
東京市長　尾崎行雄が
アメリカ　ワシントンＤ・Ｃに　桜花《そめいよしの》を
贈ってから　一〇一年

一九一五年

かわりに　ハナミズキが
アメリカから　日本に贈られてから
九八年

高崎東に　根付いた　ハナミズキの
高潔な　表情は
花の季節が　終わっても
生徒達の　心に
穏やかな
「華の哲学」を　育み
今日も　静かに
微笑み続けている

試験開始の　チャイムが
時を刻むように
ハナミズキの　木々に
染みこむ

「皆　ガンバレ」

小さな声で
私は
ハナミズキの下から
空に　つぶやく

二〇一三年　六月二七日朝　巡回の後に

期末試験に向かう生徒達の表情は様々です。色々な家庭環境の中から、生徒達はやってきます。この一週間どれほど勉強ができたのか、個々の事情は様々ですが、答案に向かい、自分の至《いた》らなさを嘆いたり、自分に苛立《いらだ》つより、静かにひとつでもヒントを探り、問題に向かう方が前向きになれます。

ハナミズキの緑葉の哲学に、いつの日か生徒達がふと気付くことを、一教師として、私は心から祈っております。

賢治からの便り

崇高なる選択

幼年の日々
宮沢賢治は　宇宙にもっとも近い　作家
詩人と　信じていた
ジョバンニの　語る　言葉も
銀河を走る　鉄道も
「よだかの星」となった　よだかの　思いも
悲しいくらい　胸を　刺した

賢治の　孤独は
花巻の　岩手の　大地と同じく
本当は　凍ったままで
固く　尖《とが》っていたに　違いない

「雨ニモマケズ
風ニモマケズ」

「アラユルコトヲ
ジブンヲカンジョウニ入レズニ
ヨクミキキシワカリ
ソシテワスレズ」

「ミンナニデクノボートヨバレ
ホメラレモセズ
クニモサレズ
サウイフモノニ
ワタシハナリタイ」

死後　残された　小さな黒い手帳に
カタカナで　書き記された
詩「雨ニモマケズ」は

彼の願う　世界が　実は
とおい「よだか」が
願った　世界と

同じ　叶《かな》わぬ世界なのだ　と
知っていたことの　裏返しだ

それでも「よだか」は　昇り続け
自らを　燃やしつつ　星となった

賢治も　自らの　命を　燃やして
悲しみを　超越する　道を
選んだ

賢治の作品を　読み続けると
悲しみを抱きつつ　生きることの　意味
叶わないと　知りつつも　進むことの　光が

慈雨《じう》のように
胸に　染みる

生徒諸君
賢治からの「便り」を
受けとったことは　あるかい
賢治からの「便り」は
老いた　私の胸に
五歳の頃から　五二年もの間
今も　届き続けている

二〇一三年　一二月五日　星空の下で

水無月《みなづき》の雨

時を深める六月

水無月
始業前の　昇降口前には
生徒会が　並んで　「おはようございます」
挨拶運動を　やっている

もはや　見慣れた　景色だが
雨の日も　「声」は　透き通って
降りしきる　雨滴が　傘に当たる　音も
朝のリズムを　確かに　刻んでいる

肩が　濡《ぬ》れている
でも
君らは　仲間に向かって
「おはようございます」
小さな　勇気を　皆に
与えている

カッパを脱ぎ　自転車置き場から
駆けてくる　君に
タオルを頭に掛け　濡れた制服を絞って
静かに歩み寄る　君に
「おはようございます」

大きな荷物を抱える　君に
手をさしのべる　仲間の　腕は
濡れることを　忘れ
傘から溢《あふ》れた　肩の大きさが
大切な何かを　教えてくれる

「おはようございます」

先生方も
校門前に　立ち
必ず　送迎の車を
安全に　誘導してくれる

今日も　一人の遅刻者もなく
始業の　チャイムが　鳴った

水無月
六月　この梅雨の時期を　「みなづき」
と呼んだのは
「水の無い月」であった　はずはない
「な」が　古来「の」　という意の
連体詞だったからだ

「水の月」「みづき」
時の神は　そう名付けるべきであった　かも知れぬ

朝の　挨拶は
水音に　吸い込まれ
教室では　ＨＲが始まった

今日は「朝の読書」の　時
静かに　ページをめくる
音が
「かさり」と
教室に　響き
深い　「思考の時間」が
君らを　今日も　成長させる

「おはよう」

傘を差した　私は　外を巡回しながら
一年　二年　三年　一五の教室に向かって
鮮やかに咲き誇る　躑躅《つつじ》の紅《くれない》を
背景に
六百人弱の　それぞれの生徒の　心に
小さく　つぶやく

「おはよう」

「今日も　雨の中　よく来たな」

「私は　今日も　待っていたよ」

と

二〇一四年　六月一一日早朝　巡回の後に

—梅雨は授業を進化させ、学校をより深化させます。—

背中

高原にて

「夏」は
高校生が　ひと回り
成長する
不思議な　時間が　降りてくる

何気なく　目を向けると
ひたすら　参考書に　問題集に
挑む　先輩の
背中

三年生の　大集団が　前からびっしり
机を　埋め
二年生の　精鋭が　続き
一年生の　精鋭が　最終列に　控える

かつて　緒方洪庵の「適塾」でも
机の位置
序列は　才能を　磨き合った

沈黙の　空間が
一日中　続いても
夜間の　学習室で　机に両腕を突き　寝込む者は
ひとりも　いない

ふと　窓を開けると
高原の　夜気が
迷い児のような　瞳で
入ってくる

「もう休んだら」
「もう　いいんじゃない」
「やめてしまえ」

誘惑が　悪魔のささやき
怠惰な　自分を　ゆらゆらと
揺する

一杯の　麦茶が
冷えた　一滴が
再び　意志を覚醒《かくせい》させる

三年生は　黙々と　後輩たちに背中を示し
それを見る　同輩も　後輩も
「学ぶ」ことの　厳しさを　深く思う

静かなる　夏の深夜
ただひたすら　灯りのなかで
ペンの進む　乾いた「音」がする

しかし　代わりに
満ち足りた　湿った「希望」が
心を　埋めていく

命題は　山のように目の前にあり
君等は　その無限に　果敢に　挑みかかり
表現は　友の　顔に　優しく　光る

いつか　今日のこの体験が
君の　未来を支える時が　必ず来る

恐れず　学ぶことの　意味を
大勢の吐息を　感じながら

深く　考えるがよい

宿舎の外では　満点の星空が
君らの未来のように
高く　夜空に張り付き

蒼《あお》く　蒼く
透明度を増して　　輝いている

二〇一五年　八月二日　学習合宿　尾瀬にて

青い海と暗い壕《ごう》と

特別攻撃隊と沖縄守備隊

昭和二〇年
三月から六月
たった　四カ月で
二〇〇〇機の　特攻機が
九州から　飛び立ったと　言う
私が　父から語り継いだ
特攻隊は　三九〇〇名弱
海軍　二五〇七機
陸軍　一三九二機

計　三八九九機が　うら若き身を
見知らぬ　海に
散らした

特別攻撃隊
一八歳　一七歳　一六歳
皆　今の君らと同じ　世代が　多かった

映像化され　知名度の高い　知覧《ちらん》基地からは
四三六機
語られることの　少ない　鹿屋《かのや》基地からは
その倍の　九〇八機も　出撃
故障機以外　一機も　戻ってこなかった

国分基地　四二七機
万世基地　二〇一機
串良基地　出水《いずみ》基地　指宿《いぶすき》基地
都城基地……

挙げれば　きりもない
今では　観光地として有名な
宮崎空港
かつて　そこは
赤江基地　と呼ばれ
海軍六三五機　陸軍八〇機
七一五機が

帰らぬ出撃をした　場所だった

特別攻撃隊の　約半数が
南九州から　沖縄に出撃した

米軍の　本土上陸を　阻止し
沖縄を守るために　出撃したのだ

今日　今辿《たど》る　沖縄の　暗い壕《ごう》の中で
兵士たちは　救援のくるのを
毎日　待っていた
壕の中で　立ったまま眠り
交代で　壕を　守り続けた

しかし　不沈戦艦「大和」も
二〇〇〇機の　特攻機も
救援の　旗を示すこともなく
巨大な　砲火の中で　海に沈んだ

あと　ほんの数カ月
その前に
戦《いくさ》を避ける　「知恵」が　この国にあれば
戦を終わらせる　「勇気」が　この国にあれば
父たちの　友は
死なずに済んだのだ

二〇余万人の　沖縄の人々が　救われたものを
壕の　冷たいしずくを　感じながら
深く深く　「人間」を　考えてほしい

青い海が　見える
この　「旧海軍司令部壕」を
今日は　教科書にして

「君」の　未来を
「人」としての意味を　考えてほしい

二〇一四年　一二月九日　修学旅行　旧海軍司令壕にて

卒業写真

校舎を背景に

白雲に　透《す》けて見える
青空の　高さが
時間の　動きを　ゆっくりと
感じさせる

中央に座り　カメラの前に
目を向けると　君らと
同じように
少し　強張《こわば》った　表情が
冬の日差しに　揺れた

前回　座った時には
背景の　樹々が
紅葉で　鮮やかだった
今回も　葉の　落ち切った　木々に
光は　優しく　つぶやいている

後ろで　それぞれの　顔を　見合い
自分の　スタンスを　確かめる
言葉が　響く

カメラの前に　立った
友の

独特の　緊張感が
「笑って～」
写真屋さんの　声で
どっと　弾ける

「そこの人　もっと顔を　出して」
「隣の子　ボタンが　締まってないよ」
「もっと自由で　いいよ」

位置取りは　幾度かの
声掛けと　写真屋との　掛け合いで
自然に　定まり

「カシャ」

ストロボの　音と　機械音が
歴史の一コマのように
季《とき》に同化し
クラス写真は　完結する

「もう一枚」

「カシャ」

気づかぬうちに

画像は
君らの　微笑を　生き生きと　写し

数十年後かに
ふと　目にする
「若き日の　自分」を
「季《とき》の手箱」に　封じ
瞬時に　閉じ込める

「卒業写真」
今日の　写真を　そう呼ぶのだろうか
アルバムが　豊かな君らの　時間を
いつの日か

紡《つむ》いでくれるのかもしれない

幸せな　時が
未来に向けて
ゆったりと　流れていくことを

若者たちの
片隅で
私は　永遠《とわ》に祈っている

二〇一三年　一二月一〇日　団体写真仮設シートに座りつつ

猫日記

校長を恐れぬ不思議な猫のために

冬の寒気が　極《きわ》まる
睦月《むつき》の　学園

いつからか　白と黒
不思議な　猫が　住み着いた

夏以来
教職員との　いくつも闘争を　勝ち抜き
何度も　校舎に侵入
高崎東の生徒に　なろうとした

模擬試験まで　一緒に受けようとは
不届き千万

ともあれ
その大胆さと　向学心に
私は　敬意を表しよう

とある日
不敵にも　巡回中の　我が足をとめ
接近し　顔を見上げた

「どうした　私が怖くないのか」
「生徒の勉学の邪魔になるのなら

決して許さないぞ」
極めて強面《こわもて》に
睨《にら》みつけてみたが
いっこうに　頓着《とんちゃく》なく
右足に　しがみついた

「にゃんだ」
失礼「何だ　こいつは」

思わず　大きく右足を振り切って
払うと
猫は　くるくると回転し

空中を　高く泳ぎ　「スタッ」と
地上に　静止した

「コンクリートの上でも
痛くは　ないのか
土なら　よかったが」
妙な仏心が　芽生える

「お見事！」
心の中の　誰かが叫んだ
この回転
人様《ひとさま》には　難しい

そして　悠然《ゆうぜん》と
寒風の中の　猫道を
尻尾を立てて　歩いて行った

それ以来　彼《か》の猫殿も
私の殺気を　感じ
一ｍ以上の　距離を置くようになった

毎朝　「おはよう」と
生徒を迎えているが
それからは　朝も
適度な　距離を置き
私の　近くで

生徒を迎えるように　なった

いつのまにか　日記の片隅に
「挑戦する猫　今日も現わる」
妙な一文が　増えた

「挑戦する猫　右側から　出没」

生徒の相談を　まとめるはずの
「白い日記」に
「猫」は　確かに　位置を占め
肉球のような　文字が
「またも　侵入」と　重なっていく

生徒も
不思議に「猫」に
「おはよう」と　挨拶するように　なった

とりあえず　距離をとって
生徒を迎えてくれる　うちは
猫殿　許してやろう

「猫日記」
気まぐれな　生き物のことだ
いつか忽然《こつぜん》と
姿を　消すに違いない

この不思議な　日記からも
学校の　敷地からも

それまでは　猫殿
君の不敵な挑戦を　しっかりと
校長は
受け止めよう

二〇一五年　一月二八日　朝の巡回　体育館の横にて

TRAIN TRAIN

五期生　一年八組のために

覚えて　いるか
君らの　歌声

歌の好きな　クラスだった
一年生で　合唱大会で「最優秀」を　とった日
君らは「伝説」となったのだ

三期生を送るとき　部活動以外で
発表を
企画したのは

君たちだけ　だった

「TRAIN　TRAIN」
「先生！　THE　BLUE　HEARTS　が歌いたい」
Tが　私に訴えた　演劇部だったHも　美術部だったHも
Kも　私に訴えた
「先輩を　送ってあげたい」

その昔
予餞会《よせんかい》で歌う　歌も
職員会議での　許可が　必要だった

当時　君らが選んだ　曲を

理解してもらうことが
難しい時代だった

だから　私は
校長室に
嘆願に　行ったのだ
「合唱大会で　校内一になった　歌声です
決して　品位のない　歌い方はさせません」
「どうか　生徒に　歌わせてやって下さい」

翌日も
そのまた　翌日も
毎日　私は　嘆願に行ったのだ

五日目の　朝
「お前の根性に　負けた」と　生徒指導の先生に
肩を　叩《たた》かれ
私は　一年八組は
「歌う権利」を　手に入れた

それから　朝も　昼休みも　放課後も
部活動の　合間を縫《ぬ》って
毎日　精度の高い
歌を目指して　努力したな

「栄光に向かって走る　あの列車に乗って行こう

はだしのままで飛び出して　あの列車に乗って行こう」
歌い出しから　一気に駆け抜ける
息をつけない　歌だった

「弱い者達が夕暮れ　さらに弱い者をたたく
その音が響きわたれば　ブルースは加速していく」

この意味が　誤解を生み
大人達の　反感を　買っていた
けれども「詩」は
この一行で　完結しているわけではない

「詩」を深く　大学で学んで来た　私は
「本質を　見て欲しい」と　訴えた

「見えない自由が　ほしくて
見えない銃を　撃ちまくる
本当の声を　聞かせておくれよ」

当時は　様々な　社会問題が
世間を　教育現場を
揺さぶり
高校生も　多感な時代だった

「本当の声」を「聞かせておくれよ」

皆　何かに
叫びたがっていたのだ
「ここは天国じゃないんだ　かと言って地獄でもない
いい奴ばかりじゃないけど　悪い奴ばかりでもない」
ごく当たり前の　日常に
何を求めて　いたのか
「ロマンチックな星空に　あなたを抱きしめていたい
南風に吹かれながら　シュールな夢を見ていたい」
私は　君らに

「シュールな夢」を　見てもいい
ただ「現実」から　逃げるんじゃない
そう　教え続けた
本当の「夢」は
現実の中で　追い求め　掴《つか》むはずのものだったから

加速する「時」の列車は
必ず　希望へと　突き進む
だから　決して
辛いことに　背を向けず
走って　いけと　教えたかった

「見えない自由が　ほしくて

見えない銃を　撃ちまくる
本当の声を　聞かせておくれよ」
君らは　発表の　直前まで
体育館下　卓球場で　声を合わせて
練習した

その　ひたむきさに
私は　賭けたのだ
「TRAIN　TRAIN　走って行け
TRAIN　TRAIN　どこまでも」

満場の　喝采《かっさい》だったな
そして　君らは
ずっと
仲間の「声」を　信じ続けた

それから　二四年経った
君らよ　走っているか
私は　今も
走り続けている

私の中の　一年八組は
まだ　走っているぞ

見えない　君らの　足音が
確かに　深く
今日も　聞こえる
「ＴＲＡＩＮ　ＴＲＡＩＮ　走って行け
ＴＲＡＩＮ　ＴＲＡＩＮ　どこまでも」

二〇一五年　二月一一日　藤岡　五期生との再会を果たして

随分時が経ちましたが、作詞、作曲をなさった「THE BLUE HEARTS」の真島昌利様、貴方の「詩」を噛みしめて、私の生徒は巣立って行きました。ありがとうございました。

我がクラスのために、二四年ぶりに貴方に御礼を申し上げます。

さくら

感謝の花

はな　の　いろは
はるの　かぜに
すきとおって
がくえんを　おおっている

「おはよう」と　ひび　たった　こうもんに
はなびらは　はらはらと
ふりかかり
こころの　いろを　ひからせる

せんせいと　よばれることに
はるを　かんじ
「またあしたね」　と　よびかけることも
あたりまえだったが
はな　の　いろは
じかんと　ともに　かわり
いつのまにか　はくはつと　なった

さあ　きょうは
さくらを　みあげて

こうもんを　しずかに
はなびらを　あびて

かぜの　ように　でていこう

「おはよう」
また　せいとが
ほのしろい　さくらに
あすも　こえをかける　はずだ

かんしゃの　はな
さくらを　みるたび
そう　おもってきた

せいとを　いつまでも
やさしく　むかえて　おくれ

さらばだ
われもまた　はなのように
かぜに　まぎれて

そらに　てをふり
はるの
なかに　とけていこう

きっぱりと
そらに　とけて
せいとを　あすからは
かぜになって
しずかに　むかえよう

さくら　さく
はるの　あさは

「おはよう」が
「とき」に　しみる

「さくら」
かんしゃの　はな

ほのしろく　こころを
すませて
きずついた

わかものたちを
「おはよう」と　かぜに　やさしく
ゆうきを　あたえて
むかえておくれ

はるの　かぜは
やまやまに　あいさつし
さくらを　また　ひとひら
おとなに　するのだから

二〇一六年　三月三一日　校門にて

第二章

部活動

◇挑戦と声援◇

歓声

生徒達の背中に

季節外れの強風が　木々を揺らし
グラウンドの土埃《つちぼこり》が　君の目を射る
それでも打者を視野に入れ　冷静に　腕は空《くう》に振り上げられ
アンダースローの速球が　風音を割るように　手を離れ
一直線に　ミットに収まる

「沈黙」の　数十秒が
「ワー」という「歓声」に　変わる

緊迫のピンチが　水滴がはじけるように　霧散《むさん》し

マウンドに立つ　君に　微笑みが戻る
「自分は一人ではない」
仲間は　いつも　そばにいるのだ

厳しい局面に　立てば立つほど
君は　より強く　誰も感じぬ「音」を　聞き取れるようになる
仲間の駆け寄る　スパイクの音
普段は全く意識しない　とるに足らない　ただの「音」が
今　君の「こころ」に　大きく　力強く
不思議な　安堵感《あんどかん》を導くのだ

誇り高き　母校のイニシャル
その帽子を　脱ぎ　君は　仲間達に手を挙げた

「自分はやれる」「勝負はこれからだ」
スパイクの音が　それぞれの持ち場に返り
「任せろ」「楽にいけ」　あちこちで　仲間が手を挙げて　叫ぶ

「沈黙」の時間が　再び　君を試す
大きく呼吸し　ボールを握り直し　君は　きりりと
空に伸ばした腕を　下ろす
回転した　白球が　緩やかに弧を描き
「パーン」という　音が　ミットに収まる

強振した　バッターが　静かに　首をうなだれ
帰っていく

「沈黙」の　数十秒が
再び　「ワー」という「歓声」に　変わる
誰のものでもない　君たちへの　歓声だ

肩をたたき合い　ベンチに戻る　君らの　背中は
覇気《はき》に満ちて　輝いている

「勝負の時がきた」
最終回
「歓声」は　強風さえ打ち消し
「生きている」　君を
時の舞台に　押し上げる

「ワー」
歓声は　君の背中に
確かに　届いている

一本のバットが　逆風の中で
「時」を　狙っている

二〇一三年　五月二日　球場にて

舞　―時を創る者―

新体操部　勝利の歌

肩をすっと上げ　すっと下ろすと
「ハイ！」　透明な　声が　響く

一歩　踏み出した　君らは
初夏のような「熱」で　覆《おお》われた
会場の　声を　一瞬で抑《おさ》え
しなやかな　体躯《たいく》が
声に代わる　「沈黙の声」で　主張を始める
「東《ひがし》ー」　仲間の　声援も

応援する　家族の　声も
動き出した　五人の　手足の「言葉」を
「止めることは　できない」

五人のクラブ（こん棒）が　空《くう》に　飛ぶ
複雑な　回転　側転　落下する　クラブの　軌跡《きせき》
視線は　泳ぐことなく
腕に　手の指に　全ての感覚を　集め
確実に　クラブを　受け　そして　瞬時に　放《ほう》る
高く　低く　曲線は　美しく
観客の　目を射る

緊張の連続「止まることは　許されない」

大きく　花びらのように　五人が　開く
一〇本の　クラブが　花弁のように　重なり　空に　開く
クラブが　空にある　一時だけが
仲間が　移動し　秘かな　息づかいで
互いを　認め合う　時なのだ

ピボット・ターン　フュッテピボット
軸足は　動かず　回転が　鮮やかに　揃《そろ》う
五方向に　地上の華が　散じ
クラブを　受けながら　再び　空を目指し　跳躍
野生の鹿　その滞空時間
まさに　君らは　体の全ての　部分で
「時」を　跳《と》んでいる

回転する　瞳に　宙《そら》はどう映っているのか
その　一瞬こそ　五辯《ごべん》の花
君らだけが　共有する　誰も知らない　優美な「華」だ

苦しい練習も
仲間に追いつけないと　震えた日々も
全ては　誰も知らない　宙に見える　五人だけの　華を
この会場で　本番の　緊張の中に
スローモーションのように　感じる
至高の喜びには　かなわない

だからこそ　高く　もっと　高く

クラブを　放り　難度を上げて　限界を　破る
クライマックスが　近づく

仲間を信じ　チームを信じ
君らの　舞は「時」に　挑む
その　ひたむきさに
誰もが　打たれるのだ

最後の　ターン
曲が止まり　ピタッと制止した　花々に
笑みが　こぼれた

花々は　静かに　少女達に戻る

二〇一三年　五月一〇日　安中市総合体育館にて

逆転

女子バスケットボール部に捧げる

六対二二
誰もが「声」を失っている
先輩の　声援も
コートには　届かず
リバウンドも　相手に
ことごとく　渡る

「不運だ」
そう思った　瞬間に
勝負は　終わる

押されている　原因は
必ず　コートの中に　転がっているものだ

味方の　シュートも
ことごとく　リングに　嫌われ
相手側の　シュートのみが
何故か　決まる

同じような　タイプの　チームと
わかっているにも　関わらず
苦しい　時間が　続く

「声を　出して

いつもどおりやれば　いいでしょう」
監督の　声が　飛ぶ

何度目かの　タイムアウト
後輩は　必死で　先輩を　扇《あお》ぎ
ベンチを　空け　寸時も　休ませる
これが　じわじわと　効くのだ

チームファールも　重なる
相手に　シュートが二本　与えられる
さっきまで　入っていた
相手側の　シュートも
リングに　弾かれ

パスワークも　リズムを　失った
ディフェンスと　オフェンスは
必ず　ワンプレーで
流れが　変わる

我慢だ
諦《あきら》めず　プレッシャーをかけ
パスコースを　塞《ふさ》ぎ　奪い
味方に　ボールを　繋《つな》ぐ

そこだ　攻撃のパターンを　作って
中へ　走れ！

パスを出せ！
外れた
リバウンド　もう一度　作って
立て直して
左だ　走り込め
ゴール！　やった！
もう一本　四番が　決まりはじめた
打て！　シュート
スリーポイント　声を出せ！　やった！

ベンチの　皆が　声を揃《そろ》える
応援は　声が消えても　姿でわかる
熱気は　汗の弾ける　微粒子に　反応し

空間を　伝わる

バスケットは
チーム全員で　闘うものだ

畳《たた》みかける　攻撃が　次々に決まり
選手達の　動きが　コートを
縦横に　広く　使いはじめる

「お前達　それでいい
そこを頑張って　ディフェンス！」

あれほど　先行していた

相手の　チームの動きが　乱れ
我慢した　高東の
攻撃は　時を　畳みかける
次々に　選手を　投入し
監督は　指示を与え　走らせる

チャンスは　作るものだ
声を出して　仲間を　信じ
切り込んで　相手を　抜き　シュートだ！

ハンズアップ
相手の　動きを　遮《さえぎ》り
奪ったボールは　前へ

ひたすら前へ

無理は　しなくていい
悪戯《いたずら》な　反則は
自ら　首を絞める
入ったら　取り返せば　良いのだ

「時間を考えて
動かして　怖がらずに　打て！　シュートだ！」

外れても　外れても
また　奪えばよい
そして　いつもの　攻め手で

うちの　スタイルで
粘り強く　ゴール下に　切り込み
ランニング　シュートだ！

終了三分前
また　入った！
一分前　ガードは堅く
三〇秒前　我慢だ
カットした　　パス！
一五秒前
走り込んだ　シュートが
リングの横を　滑り
五秒前

ボールは　芸術的な曲線を　描き
静かに　リングに　吸い込まれる
終了のブザーが　ブーと鳴る

六七対六一
逆転勝利！

ウワー！
選手たちが　掛けより
大きく　ジャンプする

この瞬間が　私は好きだ

センターラインで　一礼し
試合は　完結する

監督も　後輩も　先輩も
レギュラーも　控えもなく
ハイタッチ
抱き合い
君らは　輝いている

君らよ
よく　知るがよい
人生も　こうして誰かに　助けられ

気がつくと
不思議な　勝ちが
手中に　残ることがある

「ひとは　人として　目覚めるとき」
どん底にある　人生においても
人を　仲間を　信じる「強さ」が　あれば
「逆転」は
確かに　起こるのだ

二〇一四年　五月一一日　高崎浜川体育館にて

たった一人の挑戦

高校総体　体操競技　個人跳馬優勝の君へ

天井の　小さなカメラが映す
白い帯のような　直線

少女は　静かに　その端に立った

直線の後半に　一二五センチメートルの　障害
観衆には　障害に　見えるのだが
彼女には「跳馬」と呼ばれる　その器具より
手前にある　ロイター板

緩やかな　曲線の合板
板バネを内蔵した　弾性の塊《かたまり》　踏切板　しか
目に映っては　いない

「フー」　誰にも気付かれぬように
大きく　呼吸し
一瞬　腕を　後ろに引くと
少女の　足は　白線の上を
不乱に　走り出した

天井の　カメラが追いつけぬ　まま
加速は　人である「少女」を
神の化身のように　前に進めて

スピードは　少女そのものと　なる
真空の　誰にも形容できぬ　緊迫した時間を
白い足が　駆け抜ける

片足か　両足か
「君は　迷ってはいないのか」

踏み切った　一瞬が　思考さえ止め
両手を　ついた　体が
大きく宙に　跳ね上がり
フワッと　空を切り
幾ばくかの回転と　手足の伸縮と

小さな体が　スッと　着地した

「ストン」　誰にも聞き取れぬ　音
着地した　マットに潜む
体操の　女神が
君の足音を　吸い取る

「ウワー」
緊迫が　歓声に代わり
君自身が
女神そのものと　なる

天井の　カメラが

再び会場の　白線を捉《とら》えた

少女は
さやかな　風を感じ
「フー」　小さな吐息を　残し
静かに　勝負の舞台
白線を　去る

カメラは　もう　追うことはできない

少女は　既に
会場の歓声

「光」の一部となる

二〇一三年　五月一四日　前橋市民体育館にて

最後の一戦

群馬県インターハイ予選ソフトボール決勝進出の君等に

梅雨空を　割って　太陽がのぞく
円陣を組んだ　腕と腕
交差する　心は　重なり合い
最後の一戦が
始まる

「声出して　行こうぜ」
キャプテンの　声が
グラウンドに　低くこだまし　決意を広げる
「オー」

相手は　何度も闘った
私立　伝統校
手の内は　互いに
知りすぎるほど　知っている

公立の君らは　限られた時間で
日々の練習を　重ねた

青空は　高く
雲は　早く流れ
見慣れた　赤と黒のライン
ユニホームの　背番号が

人よりも　人間らしく
生きて動くのは　この瞬間だけだ

試合は　序盤から
一進一退　苦しい展開
進塁するも　最後の一本がでない
先攻するも　無得点

逆に　相手の攻めが　次々に　決まる
先制点を　許す

我慢の初回が　過ぎた
部員達は　冷静だ

総体予選も　関東大会も
どんな苦しい場面でも　一人で　投げ抜いた
ピッチャー　相島

「俺に任せろ」「楽にいけー」
仲間は　信じ続けて
守る

周囲三〇・五ｃｍの三号球
五本の指を器用に使い　硬軟の　力加減
絶妙な　回転の一つを
君は選ぶ

「色々なことがあった」
厳しい時間の　淘汰《とうた》の中で
やめようと思ったことも　あった

だが　この高い空
かけがえのない　仲間
その二つがあったからこそ　決勝まで　きた

右腕を　大きく
空に　引き上げ　渾身《こんしん》の力
アンダースローの　腕は
美しく　弾丸のような　速球を
送りだす

「スパーン」
長年の相棒　キャッチャー髙橋の
ミットが　太鼓のように　高く　鳴る

歓声は　汗に　光り
仲間が　走り寄る

二回表　反撃が　始まる
バッターボックスには　ピッチャー相島
野球なら　肩を休めるものを
君は　果敢にも　バットを　未来に向ける

相手チームの　ピッチャーは
長身
振り下ろす　球は　手元で　伸びる
目に見えぬ　ピッチャー同士の　鞘当《さや》ては
一瞬の間に　互いの目ではなく
指が　かわす

「スカーン」
打球が　ぐんぐん伸び
大一番に　相島の　思いを乗せた　白球が
フェンスを　越える

塁間を走る　君の　姿は

梅雨空を　割った　青空に　映り
ベンチに　起死回生の　希望を　咲かせる

地鳴りのような　歓声と
仲間達の　祝福
「ウオー」
両腕を　天に差し出し　ドラマは動く

中盤から　終盤
回が進む
仲間達は　随所に　好プレーを続け
難敵に　果敢に挑んだ

点は容易に　入らず
紙一重の　運のしずくが
風向きのように　逆風となる

フォアボールとパスボール
苦しい最中に　誰も　諦めてはいない
皆　声を集めて
マウンドの君を　信じている

マネージャー林は　ベンチで
声援と　記録
紙一重の　敵の攻撃の数を
どんな時も　記《しる》さねばならない

相手の加点に　負けず
応援は　続く
「カッセ　カッセ　石綿」
「カッセ　カッセ　石関」

最終回
最後のバッター

どんな時も　この時は
劇的に　見える
スローモーションのように
声援の中に　勝負が終わる

君らは　涙もこぼさず
淡々と　終わりを受け入れ
敵だった相手チームの　手を握り
「後は頼んだ」
「全国で一つでも多く勝ってこい」
言葉を掛ける

青空は　あくまで
高く
雄々しい　男達の
青春の　一コマを

風の中に　残す

二〇一三年　六月二三日　伊勢崎市ソフトボール場にて

七夕の勝利

野球部夏の大会二回戦

数分前まで　空を覆っていた
白い雲が　天を割るように　途切れ
カッと　熱した
大地の　吐息
独特の　緊迫感の中に
試合は
定刻どおり　始まる

「プレイボール」
主審が叫ぶ

両校の　開始の　礼を
青空が　高く　見つめる

顔　顔　顔

スタンドは　教職員と生徒
この日を待っていた　関係者で
瞬く間に　埋まり
萌黄《もえぎ》のタオルを　首に　巻いた
背に「龍」の文字の入った
濃紺の　Tシャツ
保護者会の　方々が
初回から　ドリンクを配り

縦横に走る

吹奏楽部　タオルを　首に
一週間後の　定期演奏会
練習の時間を　削ってでも
応援に　駆け付けた　二四名

「校歌」は　初回から
人々の　口元に　何度も
口ずさまれる

一回の表　先攻
初回　無死三塁

適時中前打で　先制
一点目
三年生が　仕事を　しっかりと果たす

初めての　応援
一年生は　激しい野球部員の
次々繰り出される　ダンスと　声援に
どこか　気後れするのか
動きが　ぎこちない
OBは　肩を組み
流れるように
ダンスに　同化する

スタンドでの　動きを　よそに
試合は　淡々と　回を重ねる

昨秋　今春と
新チームになって
一度も　公式戦で　勝てなかった

どれほどの　練習試合
基礎練習を　重ねたことか

時は　彼らを　逞《たくま》しく　育て
高崎東　純白のユニホームは
まぶしい夏に　染み込み

両腕の二本の　ブルーのラインとともに
「H」の文字が　野球帽に　光る

真夏のような　マウンドに
ピッチャー　二年　篠沢の　粘投が　続く

二回　三回　四回
相手も　自分達も　要所での一本が出ず
速い展開で　回は進む

カーン
打ち上げる　バットの　音
空に　浮かぶ　白球の　色

早打ちが　目立つ
待てない　焦りが　フライになる

カッセ　カッセ　金子
カッセ　カッセ　大塚

焦るな　癖球《くせだま》ではない
君のバットは　必ず　捉《とら》えられる

声援は　空に　谺《こだま》し
回が変わる度に　両校の応援が
力を　増す

相手ピッチャーは　三年
置きに来る　球に
バッターは　徐々に　ペースを掴む

中盤の五回　一点を追加し
六回一死　二・三塁
監督の　手が動く
スクイズだ
勝負が　動く
ツーランスクイズ

三点を　もぎ取る

緑のメガホン　両手で
打ち鳴らされ
歓声が　汗のように　飛び散り
スタンドに　高く　広がる

後半　七回　八回　無得点
相手投手は　二番手となる

最終回　表
油断なく　機動力を　発揮し
東の　攻撃は　青空に　挑む

どよめきと　嘆声と

交互に　スタンドは
物語の　舞台となり
落胆と　歓喜が
波のように　押し寄せる

二点　加点
得点は　「七点」目

苦労を重ねた　内野手　外野手
ピッチャー　篠沢
キャッチャー　山口
控えの皆が　声を出す

九回　裏
速球は　要所を締め
ゲームは　映像のワンカットのように
鮮やかに　終わる

七月七日　炎天に
かすかに　短冊に見える
白雲が　動く

七月七日　七対〇の　完封勝利
大歓声の中に　響く
校歌は

満ち足りた　夏の初めを
主役となった　選手たちに　贈る
「七夕の勝利」
見えない　天の　スタンドで
織り姫と　彦星が
風のように
微笑む

二〇一三年　七月七日　前橋市民球場にて

創造への挑戦　―終了一秒前に完成―

漫画研究部新チームでの挑戦

雨滴が　窓を
生き物のような「手」で
激しく　叩《たた》く
荒天の中
宿替えまで　強いられた
精神を　揺さぶる　環境にあっても
少しも　動じる　こともなく
君らは
淡々と「気」を　高めた

ひたすら　決戦を　想定し
数々の　画題に　挑んできた
毎日を　思ったはずだ

高知
かつて　年若き　坂本龍馬が
「世界」を　目の前の　海から
考え抜いた　ところ

かつて　君らと同じ　若さで
猛雨の　中にも
多くの　脱藩の志士が
日本の夜明けを　思い

蓑笠《みのがさ》ひとつで　山を越え
未来に　挑んだ

この地に　ある以上は
決して　背を向けては　ならない

昨年　予選で　涙を呑《の》んだ
先輩の　思い
背負っているのは　君ら個人の
思い　だけでは　ない

前だけを　見よ
激戦の　海

レベルが　上がる中での　予選突破

全国大会　一次競技
受験校としても　著名な
有名校も　少なくない

「発想」と「知性」
そして「勇気」
臆《おく》すれば　決勝には　残れない

一次競技
競技終了　四秒前
妥協は　求めない

作品を　ぎりぎりまで　仕上げ
チームワークで
完成に　導いた

「発想」と「構図」
「線描」と「色塗り」
すべてが
一分の狂いも　許されない
「創造の海」での　決戦だ

ふりかかる　髪を　かき揚げ
汗に　滑る　ペンを
強く　握り直し

それでいて　穂先は　柔軟に

力の　加減は
心の　起伏で　揺れ動く
迷いのある線に　囲まれた空白は
色塗りも　穂先も　意志を失う

五人の　目と　五本の効き手が
それぞれの
未来と　世界を　拓く

最終競技が　始まった

心が乱れたら
方向が　どこかで
すれ違ったら
作品は
「創造の海」に　はかなく　沈む

終了　一秒前
笑顔が　上がった

「創造」の　女神も
フッと
息を　継いだのが
透明な　空間に

波音のように
聞こえた

二〇一四年　八月四日　漫画甲子園全国大会での活躍を聞いて

奏でる心

吹奏楽部金賞受賞に寄せて

春先　桜の花が
遠くに見える　榛名《はるな》の雲に映って
ひらひらと　舞い散っていた

新入生の　外れた「音」が
花びらに　吸われて
渇いた　季節が　少し　潤っていた

あれから　どれくらい　経ったのか
緑樹の下に

蝉《せみ》が　低い　クラリネットの旋律を　奏《かな》で
井野川の　川音は
フルートの　囁《ささや》きを
かすかに　刻む

打楽器の　タイミングも
季節の音を　巧みに
表情に　織り込んでいる

校長室
いつも　音楽室から　こぼれる
それぞれの　楽器の
弾き手の「心」を

私は　耳を澄ませて　聴いている
「うまくなったな」

三〇余年も　こうして
音を聴いて　素人の「耳」も
学校

そして　生徒の成長を
聞き分けられように　なった

数日後に　迫った
コンクール
心　澄ませて

君等の　勝負の　旋律を
無心に　奏でるが　よい

私は
会場の　片隅で
誰にも　見つからないように
小さく拳を　掲げて
声なき声で　応援し
君等の成長を　見届ける

やがて　満ち足りた

色鮮やかな　季節が　来る

透明な　空気が
君等を　包んだら

「心」奏でる　季節を
愛情を籠めて　磨き込んだ
自らの楽器とともに
深く　深く
味わうが　良い

いつか　人生の途上で
この日を　振り返るとき

鮮やかな　旋律が
色をもって　確かに
颪のように
甦《よみがえ》る　はずだ

二〇一五年　八月　校長室　吹奏楽部金賞受賞を聞いて

舞台の神様

演劇部高校演劇コンクール予選を見て

スポットライトが
当たる

瞬時に　観衆は
舞台の　人影に　吸い込まれ
一息　一息
台詞《せりふ》に　聞き耳を立てる
君らは　既に　シナリオを抜け出
画の中から　浮き出した

空間の　語り部となる

登場人物が　動く
言葉が　人を超える　瞬間も
人が　体の表情で　言葉を抑える　瞬間も
舞台の上では
日常的に　ある

それを知っている者は
ステージに立ったことのある　少数の
詩人
言葉に　魂を込められる者　だけだ

主人公と呼ばれる　配役も
たった一言の　台詞で　場を　奪われもし
脇役に　光を奪われる
だからこそ　その場に立った以上は
役を完遂する　それ以外の道は
許されないのだ

光の位置を　奪い返すために
そして　挑戦するために
舞台は　観客の笑いの中にも
緊迫感を　強くする

昔　劇団「民芸」の　舞台で

宇野重吉　という役者が
こうつぶやいたことが　ある
「人間は　皆　危ない舞台を　演ずる
下手な　役者のようだ」

「でも　明日も　明後日も
やはり　舞台は　幕を開け
短い時間に　狭い空間に
人は　自己を演じなければ　ならない
たとえ　観客が　一人もいなくとも
演ずる以外に　ない
精一杯　生きるだけだ」と

駆け出しの　記者の卵だった　私は
呆然とし　楽屋を
終演後　　転げるように　尋ねた

「貴方は　演じていたのか
自分を　語ったのか」と

質問への　応えは

にっこり　笑みを浮かべ
「君はもう　知っているのだろう」
ただ　それだけだった

今日の　君らの舞台を　見ていると
私は　ふと　今は亡き
宇野重吉の　言葉を
思い出した

諸君よ
舞台には　見えない神が　いるのだ
時間を動かす
不思議な　瞬間
君らの言葉に

神が宿る

スポットライトが　消える
「沈黙」が
君らの　存在を
高く「時」に　残す

二〇一三年　九月一四日　演劇部の舞台を見て

言霊《ことだま》の在処《ありか》　―高校生文学賞受賞の君に―

文芸部の諸君へ

かつて
神話の時代　「詩」は予言であり
人々の　希望の証《あかし》　だった

詩人は
いかなる時代も　真実を追究し
天に語り　地を動かすのが　使命
太古の昔も
現代も
「人」を　超えた　何かが

いつも　「言葉」を　光らせる

女流詩人　サッフォーの　歌も
叙事詩人　ホメロスの　韻律も
ギリシャの　歴史に　深く　染みいり
「海」の青さに　「空」の蒼《あお》さに
同化して　伝播《でんぱ》していった

古来　日本では
「祝詞《のりと》」と　呼ばれる
神に　捧げる　言葉は
言霊《ことだま》に　天地を動かす力がある　と信じられてきた
あるいは　今も

信じているのかも　しれない

西洋も　東洋も　日《ひ》の本《もと》も
「詩人」たちは　天に語り　地を聞き
民衆に　「人」として生きる　意味を　説いた

若き　高東の　詩人達よ
「詩」を書くのなら
単に　自らの心のページの
吐露に　終わるのでは　なく

どうか　社会を　人々を　変える
深い　力を

天地から　感じ取り
自然と　向き合い
厳しい　現実と　対峙《たいじ》し
君の　「言葉」と　向き合って　ほしい

本当に　この言葉が
時代を磨く　言葉　なのか
本当に　この思いが
社会を開く　言霊《ことだま》　となり得るのか　と

ラビンドラナート・タゴール
インド　ベンガルの名門に生まれた　彼は
イギリス風の　厳格な教育に　馴染《なじ》めず

学校を　三度も　放擲《ほうてき》
自然を深く愛し　民を愛した

彼は「天」を聞き「地」を語った

インド独立の父　ガンジーに
「マハトマ」（偉大なる魂）という　敬称を送り
独立運動を　支えた　彼は
最後の　真の「天」を聞く　詩人であったか

若き　我が　同志
一〇代の　詩人達よ

清き　我が　高東の
新たな　哲学を生む　文人達よ

君らの　感性は　水のように　滑《なめ》らかで
変幻に満ち
豊かな　大地を　天空を
こころ澄ませて　感じられる　はずだ

どうか　孤独な　言葉の吐露　から　抜けだし
大きな　宇宙に　繋がる
豊かな　世界を
君の　言霊《ことだま》の　在処《ありか》に　重ね
流星のような　言葉の弓で

月を　深く　射るが　良い
深く　弧を描く　矢を
詩の　神々は
確かに　白く
宙《そら》の　高みで
真摯《しんし》に　受けるに　違いない

二〇一三年　九月二四日　校長室にて

秋のコート

ハンドボール部の諸君に

わずか
縦四〇m　横二〇m
そのコート
野球場の　西の隅に　君ら自身が　描いた
白線の　コート
練習場は　ある

秋
風が吹く度に
落ち葉が

コートに　紛れ

君らが　パス練習を　行う　隅から
自在に　隙《すき》を狙う
シューターのように
大地に　落ちたかと思うと

地を這《は》う　素振りで
フェイントをかけ

また　他の位置で　鋭く回転し
空に　舞い上がる

毎日　毎日　ボールを　手に馴染ませ
君らは　パスを　回す

全くの素人だった
生徒にも
厳しい　練習は
機敏な　動きと　決断力を　育み
既に　精悍《せいかん》な　戦士の顔で
ゴールを見る　君らは
もはや　初心者では　ない

三年生が　抜け
新人戦が　迫る

ゴールを守る　選手も
手足が
大きくなったような
錯覚を　覚える

ふと　空を　見ると
「秋」が　高く
「天」を　澄ませている

君らの「声」が
闘志に　溢《あふ》れ

練習も
空《くう》を　切る
ボールの　音で
研ぎ澄まされているのが　わかる

片隅で見ている　私の姿も
集中する　君らには　見えない
「それで　いいのだ」

そっと
目を　つむると

秋の　空気が

乾いた「音」を　先鋭にし
強豪校の　ゴールに
滞空の姿勢から
シュートを　決める

幻の　ゴール
姿が

ゴッホの絵のように　輪郭　強く
まぶたに　浮かんだ

二〇一三年　一〇月一五日　風の中のハンドボールコートにて

第三章

式典と行事

◇思いと感謝◇

決意

入学の時

桜の　花道に　雪が　舞う
卯月《うづき》八日

風は　静かに　若き頬《ほお》を打ち
春の厳しさと　新たな時の　始まりを
伝えて
体育館　一杯の　保護者席にも
秘かな　緊張を　生み出している

「新入生　入場」

はじめて出遭《であ》った　仲間とともに
真新しい　制服が
次々に　前に進み
揃《そろ》った　顔は
一礼して　着席する

来賓の　登壇
着座と　ともに
「開式の言葉」

今年　赴任した　教頭先生が
中央に　進み
通った声で　宣言する

「ただ今より　平成二七年度　群馬県立高崎東高等学校
第三二回入学式を　挙行いたします」

「国歌斉唱」
S先生の指揮も　新入生には
初めてだ

会場が　寒気の中に　熱を帯び
厳かに　堂々と　声が染みる

校長は　校旗を右手に　見て
正面　国旗　県旗に一礼

中央に　進み　来賓に一礼
檀上に　一歩前に　出て
生徒の顔を　俯瞰《ふかん》する

「入学許可」
一学年主任　Ｍ先生が　下壇マイク　に
端正に　立ち　清澄に　言葉を発する
「第三一期生として　入学を許可される者」
担任は　呼名簿とともに
マイクに　次々に

進み出て　生徒氏名を　呼名する

一組　K先生　女子バスケットボール部　顧問
二組　I先生　男女テニス部　顧問
三組　M先生　男子ソフトボール部　顧問
四組　T先生　演劇部　顧問
五組　T先生　野球部　顧問
「声」が　各担任の　思いを
正直に　表し
それぞれの「意欲」と　踏み出す「意志」を
校長は　壇上で　感じ取る

入学式は　教師にとっても

始まりの　時
皆　優れた教師だが
本校では　初めての担任の者も　いる
何日も前から　この日のために
生徒を思っていたことが　私には　声でわかるのだ

教師に最も　必要なことは
年齢や　経験では　ない
「正直」に　生徒と向き合い　「熱」を持って
生徒を　愛し続けられるか　どうかだ

三七年前
私は　初任であったにもかかわらず

いきなり　担任が　待っていた

掃除の場所も　箒《ほうき》の位置も
何もわからぬ　私を
生徒達は　温かく迎えてくれた

「熱」があれば　必ず生徒が
教師を　育て
そして　生徒が　人間として　育つのだ

生徒達は「呼名」に
「ハイ!」と　大きく返事をし

起立し
校長に　体を向け　一礼し
着席する

目礼を　返しつつ
体育館の　中に　一人ひとりの　「目」が
小さな　「言葉」を
「見えない決意」を　語るのを
私は　受ける

君は
学校説明会に何度も　来た子だな　覚えているぞ
君は

「中学生向け校長だより」を見て
勇気を奮って　小論文の添削を　校長室に受けに来た子だ
君は
中学校でのわずかな説明会の　時間に
「私は　必ず　校長先生の学校に行きます」と　伝えに来た子だ
君は
家庭の事情で　高崎まで来られないかもしれないと
悩みを相談してくれた子だ　よく努力したな

初めて見る顔も　何度も見た顔も
選抜試験は　平等だ
その関門を　突破した者だけが
この場で　目で礼を交わせる

目礼を交わす　一瞬が
思いを　伝える　唯一の機会だ

皆　よく本校に挑戦してくれた
そして　見事に　合格した
大阪　東京
水上　渋川　富岡
安中　藤岡　玉村　前橋　そして地元高崎と
「目」を見ながら　広範囲からの　志望と
たゆまぬ　努力　挑戦した　勇気に
私は　今　敬意を表そう

「ハイ！」

呼名は　次々に続き
終盤を　迎える

「以上　二〇〇名の入学を許可します」
校長の心の中の　入試は　この瞬間に　終りを告げる

「校長式辞」
新入生が　一斉に　起立する

一礼
生徒を　着席させ

式辞を　上着より　取り出し
マイクに　向かう

高崎東高校生となった　諸君に
初めての　校長としての
言葉を贈る

皆　真剣に聞いている

体育館の　袖から
静かな　風が　漏れ
式辞紙に　神のような　時間が　張り付く

来賓への　御礼
保護者への　祝辞
生徒達への　思い
出発の時である　今こそ
「高校生」の意味
「この世に生かされている」ことの　意味を　深く　考えてほしい
「国際社会」に　堂々と人間力を磨き　正面から　挑んでほしい
かけがいのない　真の「友」を　確かに　三年間で　得てほしい
門出《かどで》は　いつも
期待と　不安の中から　始まる
生徒諸君
「門出」とは

家の門から　自らが　踏み出し
自立することを　意味する

今日の　感激を　決して　忘れてはならない

「宣　誓」
校長は　再び　中央に進み
「生徒代表　Y」
マイクの　向きを　変える
生徒代表　起立した全ての　新入生を背後に
壇を　登る

一礼　その後
新たな歴史を刻む　決意と
学校生活への　期待
高校生としての　思いが　確かに　語られる

堂々と　落ち着いて
立派な　誓いの　言葉だ

座席に戻る　代表の背に
「頑張れよ」と　沈黙の言葉で　語り掛け
檀上　マイクを　戻す

「祝辞」

同窓会副会長　Ｓ様
ＰＴＡ会長　Ｍ様
それぞれに　今日の　桜に降り落ちた
雪の　思いと
第三二期生への　期待が　温かく語られる

ありがとう存じました
いつも　本校を応援してくれる　成人の言葉は
どれほど　新入生や保護者に　響くことか

「来賓紹介」
学校評議員　Ｔ様をはじめ
サイドに　控える　来賓席の役員の皆様を

教務主任A先生が　紹介する
「おめでとう　ございます」
心からの言葉は　生徒達を勇気づける
「祝電披露」
多くの方々から　お祝いの電報を頂戴した
「校歌披露」
後方から合唱部と　有志生徒が
歩み寄り　前に　一列に　整列する
国内に　四校しかない

稀代《きだい》の文人　大岡信作詞の　校歌は
昭和六〇年以来
脈々と　歌い継がれてきた

かつて　校歌作成に関わった
私の手元に　直筆の　歌詞が届いた時
体が　震えたのを
昨日のように　思い出す

男女混声の　名歌が　披露される
保護者も　式次第に　印刷された
歴史の染みた　歌詞を　噛みしめる

ありがとう　先輩諸君　美しい歌声だった
今度は　後輩である諸君が
歌い継ぐ　番となる

有志で組織された　臨時の合唱隊が
体育館から　姿を消し

「閉式の言葉」
再び　教頭先生の　言葉が　式を締める
「以上をもちまして　平成二七年度群馬県立高崎東高等学校
第三二回入学式を　終了いたします」

三二期生諸君
たった今から　諸君は　我が校の精鋭であり
未来に挑む　若き力だ

どうか　振り返ることなく
ただひたすら前に　勇気を持って前に
進んでほしい

仲間とともに　励まし合い
この国の　明日を
未来を　拓いてほしい

そのための戦いが　今また
始まる

いざ　共に

二〇一五年　四月八日　入学式の後に

十五歳の決意　―第二回学校説明会―

たった一人で参加した君へ

受付時間　前から
高鳴る胸　頬《ほお》が　緊張している

初めて　参加した
学校説明会
いくつもの学校を　見学したが
たった一人で
時刻表を見
電車とバスで　やってきたのは

はじめてだ
中学校総体　開会式
高東の先輩が　メッセージで　言っていた
「努力は　裏切らない」

自分に　できるだろうか

数学が　自信がなくとも
英語が　自信がなくとも
国語が　苦手であっても
勝負は　これからだ

説明会が　始まる
体育館は　いっぱいだ
歓迎演奏
校歌を披露《ひろう》する　先輩方は
普通のクラスの　生徒だそうだ
「とても声が　澄んでいる」

校長の挨拶　四つの高東の　利点
日程説明　教務の先生が
優しく　語りかける

親に心配は　かけたくはない
公立の強みは　優れた教師と

確かな実績　そして　諦めない心を　育む
部活動にも　勉強にも　手を抜かない
それが　高崎東
授業料は　私立に比べ　各段に　安い
「親孝行が　できる」

体の弱い　母親に　親孝行を　してあげたい
先生方や　高校生の先輩
様々な形で　学校を説明してくれた
体験を語ってくれた　先輩方も
皆　最初は　不安だったんだ

校内施設を　見学する

案内する
先輩方が　大人に見える

ほんの少し　私は　自信と　希望が持てた
皆　部活動も　勉強も
「高校に来て　すごく伸びた」と
言っていた

「あなたが伸びる　あなたを伸ばせる学校です」
ポスターにあった　言葉が
本当であったことを　知る

私は　勇気を奮って

遠い町から　一人でやってきた
十五歳
はじめて一人で　参加を決めた

皆　誰でも
小さな勇気から　はじまるんだ
私は　ほんの少し
高校の匂いを　嗅《か》いで
進学する学校は
自分で　決断することに　した
必ず　この学校に　挑戦する

部活動の　先輩方が
躍動感を　体現し
グラウンドに　テニスコートに
格技場に　体育館に
声高く　叫んでいた

私も　その声に　加わりたい

たった一人の　挑戦は
今　確かに
始まった

十五歳の　その鼓動の　高まりは

必ず　道を
拓くのだ

二〇一四年　九月二〇日　体育館　たった一人で参加した君のために

秋の昴《すばる》

スタートライン

スタートラインに立った
君らは
時を殺した
伝説の　巨人のように
息を潜めて　号砲を　待っている

何日も　走り込んだ
逞《たくま》しい体も
不安を抱えながら　秘かに　心に期した
病み上がりの　体も

秋の　陽射しの前では
平等だ

誰もが　何かを　思って
引かれた　白線の　内側に立つのだ

三〇年前　一期生のみの
スタートラインが　はじめて　引かれた
石灰で引かれた　一本の線
何気なく　引かれた　ラインだが

皆　「青空」を　何故か　振り仰いだ

この　スタートラインが
ただの　石灰の白線では　なく
高崎東高校が
高等学校としての歴史を　刻む
代えがたい　「時」の始まり
第一回の　大会であることを
皆　「空」に　感じていたからだ

あの日
私は　恐ろしく　早く
学校に　到着した

早朝　四時三〇分

何かが「スタートラインを　見ろ」と
心に　囁《ささや》いたからだ

誰もいない　スタートラインは
星空に　白く　輝いて見えた

見上げると
「秋の昴《すばる》」が
風の音に　光っていた

「ターン」

澄んだ空気を　破り
ピストルは　空に　音を刻んだ
足の渦《うず》　声の渦
数百人の　シューズが　一斉に
前に駆け
三〇回目の　マラソン大会が
始まった

ゴールは
君達　それぞれに　ある
記録を　狙う者

自分自身と　闘う者
友の　背中を　必死で追い続ける者
病の中を　一歩一歩　進む者も　いる

無理をせず　それぞれに
君の　ゴールを
目指せば　よい

三〇年前
あの時の　スタートライン
見上げた　空は
見えない　秋の昴《すばる》を
静かに　隠し

それぞれの　吐息《といき》を
高まりに　変えて
心の　奥に　残した

君らよ
同じ「スタートライン」に　立った
仲間を
生涯　忘れるな

この時の「鼓動」は
皆　平等で
緊張も　迷いも

「若き日」の　大切な　「心の鏡」
得がたい　青春の　標《しるし》なのだ

ゴールは　違っていても
人生が　それぞれであっても

同じ　スタートラインは
いつでも　輝いて　君らの記憶に　残る

絵のように　澄んだ
青空の　彼方に

今日も　確かに

「秋の昴《すばる》」が
歴史に　隠れた
白い　ラインを
「時の花」で　一杯に　光らせて
「若き走者」のために　静かに　深く
照らしている

二〇一三年　一一月一二日　第三〇回マラソン大会にて

かるた開戦

第三〇回百人一首大会に寄せて

「ながらへば　またこのごろや　しのばれむ
憂《う》しと見し世ぞ　今は恋しき」

一斉に　体が前に　傾く
上《かみ》の句《く》の　ひと詠《よ》みで
「パーン」と　弾く　手の素早さ

普段は
ゆったりと　構える
あの子が

今日は　異彩を放っている
グループ戦は　一人では　勝てない

三人　四人の仲間との　連携
相手の手を　誰が封じ
自陣の札を　いかに　相手に渡さず　守れるか

一瞬の　指の動きが
疾風《はやて》のように
勝敗を　分ける

運動部で固めた　チームは

少しも　札を記憶していない　のに
何故か　札を取り　数を重ねている

ほう
できる相手チームの　ポイントゲッター
彼女の目の動きを　読み　一手早く
手を　放つのだ

微笑みつつ
詠み手は　下《しも》の句《く》を　繋ぐ

「春過ぎて　夏来にけらし　白妙の
衣ほすてふ　天の香具山」

審判の　旗が
垂直に　上がる

「速い」
某チームは　間髪を入れず
相手の懐《ふところ》に　飛び込む

取り手にも　必ず癖があるものだ
いかに　崩すか

終盤になれば　残り札の　数読み
何より　相手の一手より

速い　直線的な　手弾きの技法
視線や　指の震えを　読む
心理的　位置取り
腕のリーチと　札までの　直線距離
残された札の　配置を　広角に見る
物理的　位置取り

千年にわたって　培《つちか》われた文化が
君らの　遺伝子に　憑依《ひょうい》している

歓声は
緊迫感の中に　再び「沈黙」に帰し

にじり寄る　対戦するチームの　息づかいが
体育館の　あちこちで
「凍る」のを　感じる

「気」が凍る　その刹那《せつな》
冷静に　感覚を研ぎ澄ませる者　だけが
勝利に　最も近い

最後の　詠み
詠み手も　深呼吸し
一気に　詠みとおす

「住の江の　岸による波　よるさへや

夢の通ひ路　人目よくらむ」

「パーン」
怒濤《どとう》のような　どよめきが　響き
大会は　完結する

微笑みは
君たちの　勝利の証
悔しさは
君たちの　明日への指針

互いに「礼」をして
文化を　胸に　納めるが　よい

二〇一四年　一月二八日　百人一首大会　会場にて

呼　名　―卒業の時―

第二八期生とともに

「卒業生　入場」

紅白幕が　晴れの日を
鮮やかに　彩り
壇上の　来賓も
晴れやかな　顔で　正面を向いている

大きな拍手に　迎えられて
胸を張って　君らは
入場を　する

三年間育てた　教師に　先導され
紫の　コサージュが
誇らしげに　黒　紺の　制服に咲き
一列に揃《そろ》うと　一礼をして　きれいに座につく
次々に　見慣れた顔が　並び
最後の　座につく

「開式の辞」

今年退職となる　教頭先生が
君らに　式典の始まりを　告げる

「国家斉唱」
大きな　声が　響く
「校歌斉唱」

指揮を振る　S教諭の　笑顔を見て
君らも　在校生も　伸びやかに
名歌を歌う

大岡　信　作詞
木下牧子　作曲
一期生が巣立つとき　この校歌は

なんとか　間に合った

「卒業証書授与」

校長は　檀上の真ん中で
君らの「声」を　迎えねばならない

校旗を　右に
国旗　県旗に一礼し
来賓に　一礼し
静かに　中央で「声」を待つ

一組　N野先生
二組　M上先生
三組　A田先生
四組　Y沼先生
五組　T中先生
それぞれが　様々な思いを込めて
君らを「呼名」する

「ハイ」
椅子を立ち　目を見て　一礼
いつも朝一番に登校　よく頑張ったな

「ハイ」

体の向きを変えて　一礼
素晴らしい試合を　見せてもらったぞ

「ハイ」
それぞれの　歴史が　一語に「光る」
母親を支えて　文武両道　よくここまできた

生徒の　返事は　透明で　美しい

校長は　その返事の「意味」を　それぞれに　感じ
それぞれの　三年間と　向き合い
目礼を　返す

担任は　淡々と
「呼名」しているように　見えて
実は　様々なことを　思っている
震える心を　押し隠し
気丈に　彼らへの「思い」を　呼名に　込める

「以上　一九五名」

三学年主任　M先生の声は
体育館を　清澄に　する

「代表　K・S」

近づきつつある　代表生徒の　足音が
まっすぐに　床を　踏みしめている

事務長さんも　今年が最後の
卒業式
手渡される　証書を　受け取り
生徒に　渡す

代表Kさん
定員3名の　国立大学　その学科に　よく挑み　合格したな
志を　きっと果たせよ

「特別賞授与」

三学年主任が　「呼名」

「特別萌黄賢知賞」　一五名

三年間　評定平均四・五以上

並大抵ではない　努力を　君らは　重ねた

「代表　T・Y」

一般入試　最後まで　君らしく　「知」を尽くせ

必ず　努力は　道を拓く

「特別萌黄健康賞」　四〇名

三カ年皆勤　無遅刻　無欠席
風雪に負けず　よく志を貫いた

「代表　A・K」

国立大　理工学部で　存分に　研究せよ
君の粘りが　必ず　花開くはずだ

「特別功労賞」　九名

全国に　高崎東の名を　轟かせた

君らは　私の　高東の　誇りだった

「代表　T・A」

無名のチームが　三年で国体八位入賞を果たした
仲間とともに　よく闘ったな
管理栄養士となり　郷土に　必ず　戻ってこいよ

それぞれが　自席に　着く

一九五名の　卒業生
在校生　保護者の皆様　来賓の方々
皆　厳粛な中に「時」を迎える

「校長式辞」

君らに　伝える　最後の思い
眠れずに　書いた　式辞だ
生涯　私は　諸君を見ているぞ

「来賓祝辞」

「同窓会会長　A・N様」

会長　一期生のA君は　高校教師
自校の卒業式で

この場には　心のみ　出席している
副会長の　Y・M様に
温まる　ご祝辞を賜る

立派になったな
Y君も　二四年前　私のクラスだった

「PTA会長　T・S様」
いつも　生徒をいとおしみ
高東生の挨拶は　素晴らしかったと
高く　評価し　応援してくださった

「送辞」

教務主任が　スタンドマイクを　持って
フロア　中央に　置く

現生徒会長　M君
二八期の先輩達に向けて　見事な
エールを　送った

「答辞」

「生徒代表　A・K」

再び　校長は　中央に　立ち
マイクの位置を　変え
互いに　一礼
卒業生の　思いを　受ける

前生徒会長　A君は
三年間の月日を　思いを込めて
堂々と　語り
保護者への　感謝　後輩への　励まし
学校の発展を　祈り
校長に「答辞」を手渡す
警察官として　君の「大志」を　全うせよ

「謝辞」

「保護者代表　N様」

校長、教頭、事務長は
フロアに　下り
三学年団と　ともに

一礼をして　言葉を受ける

保護者としての　思い
我が子の巣立つ　喜び

一抹の寂しさ　悲しさ
親もまた　過去と訣別《けつべつ》する
新たな　門出《かどで》の　決意だ

「ありがとう　ございました」

再び　壇上へ

「式歌斉唱」

「仰げば尊し」
何度も　聞いた歌だが
思いは　年ごとに　異なるものだ

生徒　教師　保護者　来賓
それぞれの　心の中で
「いざ　さらば」

言葉が　深く　谺《こだま》する

それぞれの　未来への思いが
最後に　体育館の　空気を
鮮やかにする

「閉式の辞」

教頭先生の　言葉が
式を　締める

「卒業生　退場」

三学年が選んだ　斬新な曲で
君らは　粛々と　会場を　去る
微笑みと　涙と
友と　恩師と
波のように　巡る　記憶とともに
君らは　社会に　出て行く

明日からは

それぞれの　挑戦が始まる
せめて　背中が　見えなくなるまで
我々は　拍手で
勇気を　与えよう
二八期生　諸君
「さらばだ」　光の中に　生きよ

二〇一四年　三月三日　卒業証書授与式を終えて

卒業式後、三七名の卒業生諸君が、それぞれに校長室に挨拶にきてくださいました。私は、昨年四月以来今日まで、たった一一カ月しか君たちと時間を共有してこられませんでしたが、それぞれの思いと向き合うことができて、本当に幸せでした。

泣きながら校長室で決意を語ってくれた君、両親と共にご挨拶に見えてくれた君、手紙に思いを綴ってくれた君、握手をしてずっと手を離さなかった君、一般入試の問題を持ってきてくれた君、ひとたび夢に破れたがもう一度挑戦すると誓いに来てくれた君、一緒に写真を撮ってくれた君、いつか素晴らしい珈琲を私のために入れてくれると言った君、このページには書ききれない、多くの卒業生諸君。今日で終わりではありません。君らは新たな「スタートライン」に立ったのです。

校長室はいつでも、君らのために開けてあります。まだ何人も一般受験で勝負をしています。三月末まで力の限り未来に挑み、決して諦めず、闘いなさい。私は生涯君らを応援しています。挑戦を終えたら、いつでも報告に来てください。春は足元まで来ています。

二〇一四年　三月三日

青龍　覚醒の時

全国選抜大会・関東公立高等学校大会出場生徒に贈る

如月《きさらぎ》の　大雪が
嘘のように　消えて
遥か上州の　山嶺《さんれい》が
空の青を　押し上げる　透き通った　弥生《やよい》
この日に

春風は　秘かに　大地に芽生え
渦を巻いて　舞い上がる

古来　春風は

若き青龍を　目覚めさせ
四方《よも》の地平を　一気に駆け抜け
天翔《あまが》ける「光」となす

新たな龍となった　我が教え子たちよ
怖れず　全国で　関東で
その「気」を　前に
上州の　青龍の　誇りを
ぶつけるが　よい

諸君の　心には
彼方《かなた》に　見える　高東の星
昼夜を問わず　輝いている　母校の星が

見えるはずだ
失うものなど　何もない
「挑戦」こそ　青龍の証

「春風は　青龍を　目覚めさせ」
「春雷は　百花を　目覚めさす」

いざ　覚醒《かくせい》せよ
光を吐き　闇を照らし
青龍よ
目覚めよ

風神は　今

諸君とともに　ある

二〇一四年　三月二〇日　体育館　学年末終業式前　壮行会にて

第四章

内なる叫び

◇生の意味と日常◇

ウエディング　ロード

娘の結婚

緑に囲まれた　屋外《おくがい》の会場
雨が激しく　降り注いだ　午前の中庭には
白亜《はくあ》の　建物と　対照的に
静かな　光の神が　宿っていた

娘は　ずっとこの会場で
親しい友人や　多くのお世話になった方々の　前で
太陽の光を　浴びて
花の中を　私と　歩きたがっていた

停滞前線が　下がり
予報は「雨」だったが
式が開始される　直前　不思議に　その雨が　上がり
純白の　ドレスに身を包んだ
彼女の　夢は
まるで　ドラマのように　叶《かな》った

屋内の会場となる　と予想していた　私には
雨が　上がった瞬間
スーと　涼やかな　風の道が　見え
光の渦《うず》の中　きらめく　緑の中に
ずっと　娘を　守ってきた
小さな「神」が

笑いかけたのが　見えた

「パパ　しっかりと　歩いて下さいね」

四歳の頃から　クラシックバレエに　目覚め
幼稚園　小学校　中学校
高校　大学　大学院
美大に　行っては　バレリーナを　描き
彫塑《ちょうそ》で　踊る姿を　立体に　形造った

私は「詩」の世界へ
娘は「美術」の世界へ

方法は違うが　よく似た　親子だった
だから　お金には　縁はないが
心は豊かだった　はずだ

震災の直後　突然　都会での職場を　引き上げ
もう一度　同じ家に　住むことに　なった
きっと　老いた　祖母と　父母を　思ったのだろう

あの時も　小さな妖精が
ふと　耳元で
「また　バレリーナが　帰ってきましたね」と
囁《ささや》いた

「決して　先生なんかには　ならない」
そう言っていた　はずなのに

市の児童館の　職員となり
子供たちに「先生」と　呼ばれて
随分　教師の痛さも　辛さも　悲しみも
そして　喜びも　わかったはずだ

「人を　教えるのは　難しいだろう」

「しかし　一度　教師になったら
けっして　子供に　背を向けてはならない」

「たった一人の　子供であっても
目をそらしては　いけない
その子の中に「教師」は　生涯　深く　残るのだから」

今の　私に　教えてやれるのは
そんな　些細《ささい》なことしか　ない

「母親となっても　我が子に　しっかり　向き合えよ
ママの　手を　忘れるな」

ウエディング　ロードを
娘と　手を組んで
一歩一歩

ぎこちなく　歩を　進めながら
思い出すのは
たわいないこと　ばかりだ

最後の　一歩
足を止め　ふと振り仰ぐと　青い空が
輝いて　見えた

一礼し
新郎に　手を委ねる
中央に立った　二人は　本当に
美しい

祝福の中に　誓いの言葉を　述べ
君らは　天の下に　夫婦となった
私は　小さく　空に　祈る
「どうか　二人が　幸いの中に
豊かな　人生を　歩めますように」と
すると　再び　光が満ち
緑の　風の中から
「パパ　ご苦労さん」

妖精が　囁く声が　透明なままに
鈴のように　聞こえ
心に
水のように　染みた

二〇一四年　七月二〇日　軽井沢にて

本当に不思議な日でした。式の直前まで、雨が降り続いていたのに、さっと雨がやみ、陽射しが見えたのです。

屋内の会場で行うとばかり考えていた私にも、信じられない瞬間が訪れました。この屋外の会場で式を挙げたいと、娘が新郎と探し回った末に決めた会場でした。

全て自らが決めた方法で、あらゆることを準備してきた手作りの結婚式は、多くの友人たちや関係の方々に祝福され、スタッフの温かさに支えられ無事に終了することができました。

私の教え子たちはもう五〇〇〇人を超えていますが、それぞれの人生に、今日のように、不思議な「光」が射す瞬間は、きっとあるに違いありません。

どうか教え子たち皆に、困難を乗り越え、人生を全うする力を与えてほしいと私はこころから願うものです。

私は教え子たちを生涯支えることを「教育信条」として生きてきました。今も変わりません。実の娘も息子も、教え子たちも大切な「地球の子」です。皆、堂々と天に恥じない生き方を全うしてほしいと、深く思うのです。四〇代で早くに亡くなった私の父親もきっと、今日の娘の姿を見ていることでしょう。

大胡の月

上泉伊勢守信綱を想う

上州　赤城山
名月は　白く　輝き
孤高の光を　今に残す
山麓《さんろく》に　大胡城趾が　横たわる
支城　上泉城も　草叢《くさむら》と化し
今は　霧の中に　陰のように　ある

上泉伊勢守信綱
新陰流　開祖
死して五〇〇年余を　剣聖として

今に　生きる

藤原秀郷の　末流
名門の血筋を　おごることもなく
主筋　長野業正　業盛の　敗戦以来
武田にも　北条にも　与《くみ》せず
上州の月を　背に
生涯の修行に　出た

一三歳
鹿島神傳直心影流　第二世　相伝
その後
香取神道流を　松本備前守政元に学び

直伝

愛洲移香齊に　陰流の全てを
二三歳　相伝さる

北条の上州攻めに　たった一騎で立ち向かい
長野第一槍として
武名を残し
生来の　上泉秀綱の　名を
敵将　武田信玄より「信」の字を賜り
信綱と改め　隠居し　諸国を　行脚《あんぎゃ》
月を愛《め》で　風雅を解する　無我の境地を　会得《えとく》
円を描き　相手の呼吸の　陰を読み
その円の先に　切っ先を　生かす

生も　死も　行き着いた神技も
ただ　虚空《こくう》にして
剣なきが　最上の　剣

永禄七年　一三代将軍足利義輝に
元亀元年　正親町天皇に
新陰流　奥義を披露

柳生宗厳　後の石舟齊に
印可相伝
忽然と歴史の舞台から　姿を消した

上泉伊勢守信綱
大胡城の月は
今ほど　澄んで見えたのか

我は　奥州は　出羽の　生
かつて祖父　父に　聞いた口伝

「上杉景勝が家臣　直江兼続は
希代の名将
上泉源五郎泰綱は　信綱の嫡孫
上泉主水は　直江兼続の家臣なり

上泉泰綱の嫡子　上泉秀綱は

米沢城下門東町に居住
剣聖の血は　山形にあり」

何故　年端もいかぬ　子どもに
祖父も　父も　同じ言葉を　残したか
これ以上　記録には　残せぬ

口伝の先は　我もまた　口伝にて
四〇〇年余も　語られた　秘伝を
語るのみ

上泉伊勢守信綱
いずれ　時を超え

冴えた　鎌のような　月を　感じ
命満ちる時
今日のような　静謐《せいひつ》な時間に　共に
満月の下で　剣を交えん

二〇一三年　九月二一日　大胡城址にて

一二月のリング

人間を救うのは人間だ

師走の　朝
仕事机後ろの　ロッカーに
ふと　目をやると
アフリカの子ども達の　求めるような　瞳
ポスターとは　思えぬ　透明な　命
「生きる」意味を
問いかけている

クリスマス
アフリカの大地に　銃声が　止み

子ども達に　かすかな　静寂《しじま》の
夜明けが　訪れたのだろうか

水害に泣く　フィリピンの子は
テントで　星を見ているだろうか

クリスマスリース
そこに込められた　幾多の歴史と
祈りの　花束を

我々は　それぞれに　背負って　生きている

かつて　リース（飾り）は

ローマ帝国の　女性の
権威の象徴であり
神事の　標《しるし》だった

しかし　皇帝の冠とは　違い
誰にでも
花と葉と　幾ばくかの　枝があれば
華やかな　祈りの　輪が
作れたのだ

だからこそ　人々は
様々な　大地で
身分や　人種　性の差別を　することもなく

ささやかな　クリスマスリースを
戸口や　窓辺に　掲げた
「どんな時でも　人間の尊厳は
守らなければならない」
日本赤十字社　その　ポスターに
記《しる》された　一文は　重い
「人間を救うのは　人間だ」
一二月の　リングに
私は　遠い

天の声を　聞く

二〇一三年　一二月二四日　華道部に感謝して

大船渡の光　―天の彼方の友へ―

岩手県立高田高等学校訪問

山を縫《ぬ》い
長い森林の道を　バスは　ひた走る
大船渡には　かつて
心を許した　友がいた

震災の日　彼は忽然《こつぜん》と
波間に消え
帰っては　こなかった
君には　中学生の娘が　いたな
もう高校生になっている　はずだ

今日は　群馬県の高校生を連れて
君の故郷に　やってきた

海が見える
歓声を上げた
かつての　美しい　景色とは
やはり　違う
皆　深い沈黙の中に
海を見ている

高田高校に　到着する

生徒　職員の皆様が
玄関まで
温かく　迎えてくれた

かなり遅れた　到着だったが
西副校長先生はじめ　顧問の先生等が
休日にも関わらず
時間を　作ってくれた

交流が始まった
自己紹介　和《なご》やかになるための
ＪＲＣの秘策　さすがは高校生
さまざまな　心を打ち解けさせる　方法を

実践する

高田高校の　生徒も
群馬県の　高校生も
この場では　ごく普通の微笑み
ごく普通の　高校生の視線を　交わしている

事前に　多くの学習を積んだ
群馬の　高校生たちは
「辛い質問になるのでは」と　何度もためらい
それでも　きちんと向き合わねばならないと
思ったのだ

一人ひとり
心の中で　感じた被災地の現実
自分たちに　何ができるのか
当時の困窮《こんきゅう》した　状況は
どう乗り切ったのか
顔を見て　それぞれが問う

高田高校の　生徒も
顔を見て　一つひとつ
大切な心を　言葉に直し　応える
引率の教師も　尋ねる
教師たちは　どう動いたのか

心のケアと　前を向くことの　意味
高田高校で　それぞれの勤務地で
被災した　その日を
先生方も　西副校長先生も
丁寧に　応えてくださった

被災して三年余
当時は　大勢のボランティアが　来てくれた
多くの　学校訪問が　あった
しかし
今　こうして　他県の　生徒と先生が
耳を傾けて　くれるのが　嬉しい

なぜなら　少しずつ
訪問が減っている　からだ

「私たちの　現実を忘れないでほしい」
被災地の　今も
まだまた　復興は途上なのだ

三年生が　こう言った
「昔　やんちゃをしていた生徒も
今は真剣に　この町で　働きたいと思っている」
「自分たちの　街は　自分たちが変えるしか　ない」
そう　思っている

群馬の我々に　できることは
彼らの　声を
多くの高校生に　広く　届け
これからの　支援を　ずっと
継続していく　ことだ

たくさんの言葉
多くの　胸に迫る　思い
皆　互いに若い　彼ら高校生には
「未来への光」と　見えたはずだ

たった一時間三〇分程度の
短い　交流でも

手を取り合い　別れがたく　思う
彼らを　見ると

大船渡の未来に
また　一つ
小さな希望「光」の種が
蒔《ま》かれたことを　感じる

海の彼方に　消えた
我が　友よ
きっと　彼らが
君の娘たちと　ともに
再び　時代に

大船渡の　未来に
挑むだろう

それを　ずっと　見ていろよ
高い　天の
海の匂いのする　あの場所で
君の好きな　青い背広を着ながら　な

二〇一四年　九月二七日　高田高校との交流を終えた　バスの車中で

海の声

光の中に聞こえる小さな声のために

海に
複雑な　色がある　と
知ったのは
沖縄の　海を
見てからだ
東北で　育った　私には
陽光の中に　波が　彩りを変え
光を　映すことなど

思いも　よらぬ　光景だった

成人となり
何度か　沖縄で　国際会議に
出る　機会があり

その度に　平和であることの　意味と
美しい　海と
無残にも　草木に　閉じ込められた
暗渠《あんきょ》の　歴史が
交錯して　胸に
迫るのだ

こんな美しい　海をもった
沖縄を
古来の伝統と　逞《たくま》しい　海人《うみんちゅ》が
築いた　無形の　文化を

なぜ「くに」と呼ぶ　存在は
思惑《おもわく》の中に　渦中《かちゅう》に　巻き込んだのか

アメリカであろうと　日本であろうと
いくつもの「くに」は
本来　人々を　幸福にするために
国土を定め　組織化された　はずだ

「くに」は
国人《くにんちゅ》を　守るために
存在する

守らねばならぬ　人々を
いつも　戦人《いくさびと》にし

ささやかな　農耕地や
海で生きる　幸せを
なぜ　奪わねば　ならなかったのか

沖縄の　海を見ると
いつも　胸が痛む

美しい　光が
恐ろしいほど　真っすぐに
人が　生きることの　真実を
訴えて　やまないからだ

光の中から
無数の　声が　聞こえる

七〇年も前　無念にも
はかなく　消えた
小さな　声が

何百　何千という　声が

今も　波間に　輝いている

ささやかな　農耕地

海で生きる　幸せを

誰が　奪ったのか　と

二〇一三年　一二月八日　沖縄の海の輝きを見て

星空の下で

定時制生徒のために

黄昏《たそがれ》の　地平を
君は　見たことがあるか
夕刻に輝く　人の温《ぬく》もりを
君は　感じたことがあるか

私の「学校」は　静かに
星空の中で　始業のベルが鳴る

たとえどのような障害があろうと
この星空の見える学校に通う生徒の「意志」は

自らの輝きと　未来のために　深く　鋭い
純粋な思いと　天を見上げる勇気が
日々の営み　挑戦の中で　「人」を磨く

私の「学校」は　静かに
心の意味を　問いかける
貴方は　本当に
自分を見つめて生きているのか？　と

ひとりの教師として
満天の星々に　私は祈る
定時制の　灯火が

生徒一人ひとりの　真理を守る
真の「学校」であり続けることを
宇宙につらなる星空に
深く　深く　祈り続ける

私の「学校」は　静かに
星空の下で　終業のベルが鳴る

二〇〇七年　定時制生徒を校門で見送りつつ

跋文

若き日、私は古今東西の様々な詩人達の名詩を読み、深く心を揺さぶられた。中学生の時、ふと手にした『中学生の文学』という編著の中に、群馬県出身の詩人萩原朔太郎の詩「竹」という一篇があり、衝撃を受けた。まっすぐに伸びる竹は、天に向かって伸びれば伸びるほど、自らを支えるために、暗く深い地中に根を張らねばならない。その象徴的な「生」の在り方を、見事に表現していたからだ。ボードレール、ランボーの詩と同等の衝撃を今でも忘れられない。心を閉ざしていた自分は、中学生の今は、他の生徒達のように光り輝く天に届かずにいて、暗い地中に根を張っているだけなのかもしれない。手探りでも根を張っていけるのなら、いつかは忽然と地上に顔を出し、まっしぐらに空に向けて伸びていけるかもしれない。そんなほのかな期待と希望を持った、あの時のことを思い出す。だからこそ、長じて東北は山形生まれの自分が、何の縁もない群馬県の高等学校教員採用試験を受験し、萩原朔太郎の故郷の教師となったのだ。人の一生とはまた不思議なものである。

自らが詩の書き手になろうとは思いもよらなかったが、日々生徒達に接する中で、彼らの悩みや希望が、様々な家庭や社会の揺れの中で、翻弄されていることを知った。どうしたら彼らに勇気を与え、自らを鍛える糧を与えられるのか。そのために自分にできることは何か。不器用でも詩を書いては、彼らを励ますことしかできない。そう思い、部活動の姿、学校での姿、今生きて考えることの大切さ等を表現して、彼らを励まし、詩を手渡してきた。「君だけに、君たちだけのために書いた詩だ。どうか勇気を出して、諦めずに明日を目指してほしい。自分をこの程度だと線引きしないで、堂々と未来に挑戦して生きてほしい」と。

何人もの教え子が、私の詩を手に握りしめて試合会場に行き、最後まで闘った。何人もの教え子が受験会場に、上着のポケットや鞄に私の詩をお守りのように忍ばせて、勝負に行った。そして三〇歳、四〇歳になっても五〇歳になっても、社会人や家庭人となった部屋の片隅に、私の詩が飾ってあるのだという。有り難いことである。私はこれまで関わった五千人余の教え子に、「生涯君たちを捨てない」と約束してきた。愚直でもずっと彼らの前を歩き、彼らの声を「教師」として、社会に横たわる様々な理不尽に対峙し、いつまでも彼らの質問に答え、一市民としての生き方を貫くつもりである。

この詩集『学校』は、嘗て草創期に六年勤務し、再び高校教師としての最後の三年を生徒達とともに過ごし得た高校で、日々彼らに向き合い、深く「生」を考えた心の軌跡でもある。

第一章「教え子たちへ　◇心の扉を開く◇」では、日々の学校生活の一端を。第二章「部活動　◇挑戦と声援◇」は、現場で応援してきた生徒達の姿を。第三章「式典と行事　◇思いと感謝◇」は、式典や行事の中の生徒の真摯な目を。第四章「内なる叫び　◇生の意味と日常◇」では、様々な教師としての思いを、まとめてある。是非、「学校」という存在の真の意味を、それぞれに再考していただければ幸いである。

この詩集を手にする中学生、高校生の諸君、勇気さえあれば、君の横にいつでも小さな未来、学びの種があることを深く感じてほしい。そして保護者の皆様、教職員の皆様、生徒達を育む地域社会の皆様、貴方が目の前の子供、生徒を「この程度の力しかない」と早計に見切ることをやめ、先入観を捨て、彼らに向き合う確かな時間を持った時、新たな大きな未来が見えるはず。どうか若者を深く信じてほしいと思う。

最後になるが、今回の出版にあたりご紹介いただいた岩田雅明様、細部にわたってご助言いただいた（株）悠光堂の佐藤裕介取締役、原田昇二エディター、及び出版に関わってご支援いただいた全ての皆様に、この場を借りて深く感謝し、跋文を閉じたい。

著者略歴

山口 和士（やまぐち・かずし）

1956年山形県生。法政大学文学部卒。群馬県の公立高等学校の教師となり、様々な高校で教鞭をとる。県立高等学校での進路指導主事としての実践をもとに、月刊『進路指導』（日本進路指導協会刊）に2年にわたって「高等学校進路指導」を連載。管理職となった10年間も、生徒面談を実施、その理論と実践は、全国の高等学校の進路指導の指標となった。2016年3月をもって、最後の勤務校を校長として退職。現在、教育研究会「日本進路指導推進協議会」の会長として、「進路多様躍進校会議」を主催。また、関東学院大学（横浜市金沢区）の特任教授として大学改革に携わっている。

学校　― 十五歳の決意 ―

2017年10月31日　　初版第一刷発行

著　者　　山口 和士
発行人　　佐藤 裕介
編集人　　原田 昇二
発行所　　株式会社 悠光堂
〒104-0045 東京都中央区築地6-4-5
シティスクエア築地1103
電話：03-6264-0523　FAX：03-6264-0524
http://youkoodoo.co.jp/
デザイン　　株式会社 キャット
印刷・製本　　明和印刷株式会社

日本音楽著作権協会（出）許諾第1710961-701号

ISBN978-4-906873-95-1　C0092